इबादत

FANATIXX PUBLICATION
ISO 9001:2015 CERTIFIED

इबादत

FanatiXx Publication
AM/56, Basanti Colony, Rourkela 769012, Odisha

ISO 9001:2015 CERTIFIED

Website: www.fanatixx.in

"इबादत"

By: Aayush Shukla

ISBN: 978-93-89557-01-5

Hindi Poems 2nd Edition by FanatiXx Publication

Book Formatting: Saizal Gupta | **Cover Design:** Sagar Samal

इबादत

इबादत समर्पित है उन तीन व्यक्तियों को जिन्होंने कलम थमा कर मुझे इस लायक बनाया की मैं आज इबादत लिख पाया हूँ।

मेरे माता-पिता और गुरू

इबादत समर्पित है **भारत माता** को और हर उस **पाठक** को जो इसे दिल से पढ़ेगा।

भूमिका

इबादत महज़ एक पुस्तक नहीं, कविता नहीं बल्कि एक जज़्बात है।

इबादत पावन प्रेम को जीवित करने का एक प्रयास है।

इबादत समाज से एक प्रश्न भी है और एक संदेश भी है।

राधा-कृष्ण का जो पावन प्रेम जो कहीं खो सा गया था, इबादत उसे ढूँढने का एक प्रयास है।

इबादत प्रेम के दो पहलुओं का संयोग और वियोग का एक अनूठा मिश्रण है। इबादत में केवल प्रेमी से ही नहीं बल्कि देश से, माता-पिता से और स्वयं से होने वाला प्रेम प्रस्तुत है।

वर्तमान में प्रेम की दशा के वर्णन करते हुए इबादत प्रस्तुत है।

आभार

इबादत का लेखन कार्य करते समय बहुत सी कठिनाईयाँ सामने आई पर हर बार ऐसे लोगों का सहयोग मिला जिन्होंने सारी मुसीबतों से बाहर निकलने में मदद की । ये पंक्तियाँ उन लोगों के लिए.......

"मैं मावस के अंधियारे में छुपा हुआ सा बैठा था,
तुमने ही आकर मुझको पूनम का चाँद बनाया था।"

इबादत

"वक्त

ये वक्त बड़ा अजीब है ।

रुकता नहीं,

थकता नहीं,

बस चलता ही जाता है।

कुछ यादें कुछ लम्हें पीछे छूट जाते हैं,

मगर ये ठहरता नहीं।

आगे बढ़ता ही जाता है।"

"ऐ वक्त मुझे भी यूँ चलना सिखा दे।

ऐ वक्त ठहर मुझे जरा जिन्दगी जीना सिखा दे।"

इबादत

सूची

इबादत

हमने तुमको गाया

वतन (मेरा पहला प्यार)

इबादत

नगमें अपनों के लिए

इबादत

इबादत है तू मेरे दिल की,
मेरे दिल की तू चाहत है।
मैं पा लूँगा सनम तुझको,
तुझे पाने की हसरत है।

मंजिल है तू मेरे दिल की,
मैं उस मंजिल का राही हूँ।
भरे पानी का तू बादल,
मैं प्यासा सा आँगन हूँ।

नहीं तेरे होठों का मैं कायल,
तेरी मुस्कान पर हूँ मरता।
पर तू बरखा का वो बादल,
बरसना जिसको नहीं आया।
मैं हूँ प्यासा इक आँगन,
जिस पर है तेरा साया।

इबादत

कोरा कागज है मेरा मन,

तुम उसकी स्याही बन आना।

बेसुरा संगीत मेरा जीवन,

तुम उसका राग बन जाना।

मैं हूँ मरूस्थल की तपन प्रिये,

तुम घनघोर घटा सावन बन जाना।

मोहब्बत होने में क्या है,

उसे निभाना बहुत कठिन है।

दिल को बार बार बहलाने में क्या है,

इस पर काबू पाना बहुत कठिन है।

तुम्हें गीतों का सार बनाया करता हूँ,

पर इतना मालूम है मुझको,

कि तुझको पाना बहुत कठिन है।

वक्त के पन्नों पर निशान मैं छोड़ आया हूँ,

किंचित इश्क का लगा मैं रोग लाया हूँ।

मेरे कलम में धार आज है ये एहसान तुम्हारा है।

इस जीवन में बहार आज है ये एहसान तुम्हारा है,

इबादत

कविता तो लिखा मैं पहले भी करता था,
इसमें आकर तुमने राग भरा, ये एहसान तुम्हारा है।

जमाने भर में पहचान मिली ये एहसान तुम्हारा है।
कलम को मेरी धार मिली ये एहसान तुम्हारा है।
रूखा सूखा सा जीवन था मेरा,
इसको प्यार की सौगात मिली ये एहसान तुम्हारा है।

तेरी साँसों पर मेरा हक आज भी है,
तेरे दामन पर मेरा हक आज भी है।
तू भूल भी गई तो गम नहीं मुझको,
मुझे तेरे नखरे याद आज भी हैं।

तू बेखबर है पर मेरे दिल में तेरी जगह आज भी है,
तुझे देखकर बेकरार मेरा मन आज भी है ।
क्योंकि भौंरों ने कलियों से कोई रस नहीं पाया,
तो खिलने से उनके सुगन्धित मधुमास आज भी है।
मेरे मन में तेरे ख्याल आज भी हैं,
मेरे दिल को तेरा इन्तज़ार आज भी है।
तू जहाँ भी हो दौड़ी चली आ,
पूरी कायनात को तेरा इन्तज़ार आज भी है।

इबादत

अरे तुझसे प्यार करते हैं,तुम्हें मालूम तो हो।

तुम पर मरते हैं तुम्हें मालूम तो हो,

गीत तो बहुत से लिखे मैंने लेकिन,

ये अल्फ़ाज़ तेरे हैं ,तुम्हें मालूम तो हो।

कोई पंछी गगन में भरने उड़ाने निकला,

कोमल पैरों से अपने मेघ को छूने निकला।

बेखबर था वो की राह कितने कंटकों से है भरी,

आँखों में आशाएं लिए पैगाम प्यार का ले निकला।

मेरे इबादत की इबारत लिख रहा हूँ मैं,

तू मग्न होकर सुन तुझसे कुछ कह रहा हूँ मैं।

तू मुझे मिले या ना मिले ये तेरी मर्जी,

फिर भी मोहब्बत बेपनाह कर रहा हूँ मैं।

मैं तुझे सम्बन्धों का सार दूँगा शुभे,

मैं तुझे सारे तेरे अधिकार दूँगा शुभे।

मुझे मालूम है तू होगी मेरी इक दिन,

तू चली आ तुझे प्यार बेपनाह दूँगा शुभे।

इबादत

घनघोर घटा का सुहाना सावन,

दूर क्षितिज पर बहारें लाया।

आज परिंदों ने मिलकर,

कोई नया मंगलगीत सुनाया।

उसकी दशा कोई उससे पूँछे,

जो पावस की फुहारों में भी,

लबों को तर ना कर पाया।

मैं नदिया किनारे बैठा गीत प्रेम का गाता हूँ,

इसी किनारे वो जलपरी मेरा मन ले गई थी।

मैं अपने गीतों में उसको अवाज लगाता हूँ।

नजरों की शोखियों को नजरों में रहने दो,

ना-तमाम इश्क़ मेरा है, तुम पूरा इसे कर दो।

सूना पड़ा दिल मेरा, अधूरा है मेरा जीवन,

तुम आकर के इसमें रंग प्यार का भर दो।

इबादत मेरे दिल की सुना रहा हूँ मैं,

कहानी नहीं, सच्चाई बता रहा हूँ मैं।

फिर मेरी तरह कोई इस समर में ना कूदे,

तो दर्द आशिकी का सबको दिखा रहा हूँ मैं।

इबादत

तुझे पाने की हसरत में हम बेकरार बैठे है,

मोहब्बत-ए-कल्ब की खातिर इस नश्तर को सहते रहते हैं।

अब तो रातें कटती हैं, तारों को गिन गिन के,

कब उतरेगी तू मेरे दिल में, धड़कने हजार बन करके।

तू इबादत है मेरे दिल की,

ये बातें तेरे दिल तक पहुचाँऊ।

पवन से संदेशे मै भेजूँ,

या खत तेरी यादों में लिखता जाउँ।

मोहब्बत चीज है ऐसी बयाँ कर हम रहे हैं।

दरिया में डूबकर भी पानी को तरस हम रहे हैं।

इश्क़ का गम सही,

पर दिल जुदाई सह नहीं सकते।

तू पास आ नहीं सकती,

हम दूर रह नहीं सकते ।

मेरे मन को घेरे है तेरा ये खालीपन,

मैं आज भी देखा करता हूँ,

तेरी आँखो का वो सलोनापन।

इबादत

याद मुझे है वो,

तेरे गुलाबी गालों पर फैला भोलापन।

अब तू आकर पूरा कर दे,

मेरे जीवन का खालीपन।

काश अन्तर्मन में,

प्रेम जग लिया होता,

काश जुल्फों की छाँव में तेरी,

मैं सो लिया होता।

तुम दूर हो अब जब तो सोचता हूँ मैं,

काश उस वक्त बाहों में तुम्हें यूँ भर लिया होता।

नजरों में मोहब्बत है,

जुबाँ पर तराने ले आया हूँ।

किसी के सजदे में करने दीदार-ए-इश्क़ आया हूँ।

दुनिया वालों तुम मेरी मोहब्बत को अफ़वाह ना समझो।

दीवाना हूँ किसी की मंजिल का बनने हमराही मैं आया हूँ।

बिछड़े हुए तुमसे,

हर पल सदियों सा बीता है।

दर्द दे गयी रातें,

इबादत

दिन यादों में बीता है।
तुम बिन उस किसान सा हाल है मेरा।
जिसके जीवन का एक सावन,
फिर सूखा ही रीता है।

हाल दिलों का शब्दों में ढालता हूँ,
तुम गयी तो क्या मैं अब भी प्यार बाँटता हूँ।

पल भर में मेरा दिल पिघला दे,
तेरी हिरनी सी चाल प्रिये।
मेरे हर दर्द का मरहम हैं,
तेरे कोयल से बोल प्रिये।
तू आती है तो फूल कमल के खिलते हैं,
तू जाती है तो ले जाती महफिल से जान प्रिये।

ये गीत तो दुनिया को मैं व्यर्थ सुनाता हूँ,
मैं तो अपने गीतों में सबको आवाज लगाता हूँ,
मेरे गीतों में बस तुम ही बसती हो,
अपनी हर शौहरत का तुमको आधार बनाता हूँ।

हमने तुमको गाया

वक़्त के पन्नों पर निशान मैं छोड़ आया हूँ,
किंचित इश्क़ का लगा मैं रोग लाया हूँ।

1. अनजानी लड़की

लड़की एक अनजानी सी,

न जाने क्यों दिल को भाती है।

चंदा जैसी सूरत उसकी,

दीवाना मुझको कर जाती है।

ईश्वर का उपहार है वो,

उसको क्या उपहार मै दूँ।

मेरी कविता का सार है वो,

महाकाव्य उस पर लिख दूँ।

सीरत उसकी भोली सी,

ज्यों पूनम का चाँद हो वो।

जुल्फें हैं उसकी ऐसी ,

ज्यों घनघोर घटा का सावन हो।

पल भर मोहित कर दे,

उसकी हिरनी सी चाल है यूँ।

उसके लिए दिल मेरा

इबादत

बेहाल है यूँ,
कि अब उसके आने-जाने से,
चलती है धड़कन मेरी।
उसके इश्क़ में सब कुछ भूल गया,
अब मुझको नहीं है सुध मेरी।

जब से जीवन में आई है,
बहारें बसन्त की लाई है।
चंदा भी देख उसे शर्मा जाए,
वो परियों की परछाई है।

लाली उसके होंठों की,
बेचैन मुझे कर जाती है।
लड़की एक अनजानी सी,
न जाने क्यों दिल को भाती है।

2. तुमको गाता रहूँ

तुम मेरे गीतों की धुन बनो,
मैं तुम्हें गुनगुनाता रहूँ।
कलम की स्याही से,
तुम्हें शब्दों में ढालता रहूँ।

मावस का अंधियारा रहे,
या विरुद्ध जग सारा रहे।
पर तुम चाँद की रोशनी बनो,
मैं तुम्हें निहारता रहूँ।

तुम सार कविता का बनो,
जल प्रवाह सरिता का बनो।
और मैं किनारे पर खड़ा,
तुम्हें मन में गढ़ता रहूँ।

सावन की घनघोर घटा,

इबादत

तुम ठण्डी पुरवाई बनो।

और मैं राहों में खड़ा विचलित सा,

तुमसे शीतल होता रहूँ।

तुम चंदन वन की शोभा बनो,

मैं सुगन्ध तेरी सँजोता रहूँ।

तुम महकता मधुमास बनो,

मैं खुशबू तेरी पाता रहूँ।

3. अनजान

है मेरा दिल तेरा कायल,

ये बात मैं समझता हूँ।

तुझसे है मोहब्बत तो,

ये आहें मैं भरता हूँ।

तुझे है नहीं मालूम,

तू है दीवानगी मेरी,

मिलेगी तू मुझे किस दिन,

उस दिन की राहें तकता हूँ।

मिल जाऐगी तू मुझे जिस दिन,

गले से मैं लगया लूँगा।

मगर बोलूँगा क्या तुझसे,

पढ़ लेना कविता ये लिखता हूँ।

है मेरा दिल तेरा कायल.......।

4. काले मेघा

उथल पुथल मन में विस्मय है,
धड़क-धड़क बरसे हैं मेघा।
चहुँ ओर तड़ित का चलता भय है,
मिट गई सब वसुधा की रेखा।
काले-काले बरसे जो मेघा।

बरखा मद में झूम रही है,
कोयल सुर मे कूक रही है।
आज पुराने बरगद की शाखाओं में,
फिर से जीवन महका।
काले-काले बरसे जो मेघा।

वसुधा फिर से हरियायी है,
चटकी कलियाँ, गुल की फिर खुशबू छाई है।
आज इन्द्र ने स्वयं स्वर्ग से है संदेशा भेजा।
काले-काले बरसे जो मेघा।

5. हंगामा इश्क़ का

सोनजुही की कली खिली,
या वो चंदा की मूरत है।
काले कजरारे नयनों वाली,
लगती परियों की सूरत है।

व्याकुल अपने नयनों से,
मैं उसको देखा करता हूँ।
वयनों से मजबूर हूँ मैं,
इस दुनिया से मैं डरता हूँ।

गीत जो उसके लिए लिखूँ,
गारत सारे हो जाते हैं।
पर उसके दिल से मेरे दिल के,
तार नहीं मिल पाते हैं।

लोगों का हंगामा देखो ,
गीत इश्क़ के सुनते हैं।

इबादत

पर कहीं मोहब्बत होते देखें,
तो तंज वहीं पर कसते हैं।

इसलिए मैं व्यथा हृदय की,
अपने गीतों में गाता हूँ।
ये साधन है मैं उस तक
दिल की अवाज पहुँचाता हूँ।

6. आ जाओ प्रिये

लोगों का क्या है, सोचेंगे

तुम तो आज आ जाओ प्रिये।

अपनी मीठी सी बातों से,

हृदय को बहला जाओ प्रिये।

किंचित तुम्हें समाज के ताने रोकेंगे,

हम किस-किस को मौन करायेंगे, किस-किस को टोकेंगे।

ये समाज की कटुता इससे कौन बचा है,

सीता का दामन भी इससे कहाँ बचा है।

तो फिर इन बातों का क्यों धरती हो ध्यान प्रिये,

तुम आज तो आ जाओ प्रिये।

लब से पुकार रहा तुमको,

शब्दों के सागर में ढाल रहा तुमको।

तुम गुंजित मधुमास लिए,

पास दौड़ी आओ प्रिये।

इबादत

मन में खुद के चोर बसा जिनके,

वो भी बातें बनाते है।

जिन्हें अपने तन का होश नहीं,

वो हमको ज्ञान बताते है।

ऐसे लोगों को परे हटाकर,

फिर नदिया किनारे आओ प्रिये।

ये दुनिया है ये बोलेगी, अपने सारे मुख खोलेगी।

खुद जाकर किन गलियों में, रंगरलियाँ मनाती है,

ये राज़ कभी न खोलेगी।

तुम तंज रूपी इन बाणों से, क्यों होती हो परेशान प्रिये।

7. मृगनयनी

एक मृगनयनी जो मेरे दिल पर दौड़ गई,
इच्छाएँ जो मन में थी सबसे परदे खोल गई।

अब देखूँ जब आठ दिशाएँ,
बस उसकी मूरत दिखती है।
चंदा को जो लगूँ निहारने,
बस उसकी सूरत दिखती है।

वो कल्पवृक्ष की सोनजुही,
उसकी बोली कोयल सी लगती है.
दूर कभी हो जाता,
उसकी याद सताने लगती है।

जाने क्या उसने तंत्र किया,
अपनी खुशबू तन पर छोड़ गई।
एक मृगनयनी जो मेरे दिल पर दौड़ गई।

इबादत

जब थी उससे नजर मिली,

वो मृगनयनों से दिल के तारों को जोड़ गई।

जो कुछ वो लब से बोल न पाई,

वो बातें नजरों से बोल गई।

उस दिन से व्याकुल रहता हूँ,

मन में पुरवईया डोल गई।

एक मृगनयनी जो मेरे दिल पर दौड़ गई।

हम आते जाते राहों में,

इक दूजे को देखा करते है।

कौन लब पहले खोलेगा,

ये सोच, शर्माकर आगे निकलते हैं।

मैं रातों रात जागता हूँ,

वो दिल पर जादू छोड़ गई।

एक मृगनयनी जो मेरे दिल पर दौड़ गई।

8. ओ पुरवाई

अरे ओ पुरवाई किधर चली,

जरा ठहर प्रेम ऋतु अभी बाकी है।

अभी माथे का चुम्बन ही हुआ ,

मेरे मन के सागर मे बहुत सा कलरव बाकी है।

ऋतुएँ मदमय झूम रही हैं,

व्याकुल मन से पूँछ रही हैं।

तू दीवाना करके किधर चली,

अरे ओ पुरवाई किधर चली।

जरा ठहर जा, मन का शीतल होना अभी बाकी है।

नजरों से अभी पूरी बात हुई,

लब का खुलना तो अभी बाकी है।

अरे ओ पुरवाई किधर चली,

पंछी का उड़ना अभी बाकी है।

इबादत

अधूरा अभी है मन मेरा,

पावस की फुहारें बाकी है।

प्रेम राग भी अभी अधूरा,

सावन की बरसातें बाकी है।

ओ तू मन्द-मन्द मुस्काती किधर चली,

अरे ओ पुरवाई किधर चली।

कुछ पल ठहर सुगन्ध कहीं से मनभावन ले आ,

जो किसी हृदय को शीतल कर दे,

रिमझिम बरखा की बदरिया ले आ,

ये तू चुपके चुपके किधर चली।

अरे ओ पुरवाई किधर चली।

9. अधरायनी

वो अधरायनी आकर जीवन में,

रंग इश्क़ का घोल गई।

अधरों को उसने मौन रखा,

नजरों ही नजरों में बातें बोल गई।

मैं पल भर समझ ना पाया कुछ भी,

मेरे हृदय के मयखाने में,

वो स्वाद प्यार का घोल गई।

मैं महफ़िल में जाना भूल गया

आज शमाँ जलाना भूल गया।

अब उसके रंग में डूबा रहता हूँ,

जाने क्या होंठों का जादू ,

वो दिल पर छोड़ गई।

वो अधरायनी आकर जीवन में, रंग इश्क़ का घोल गई।

इबादत

जब पहली बार मिली मुझको,

वो पगली थोड़ी अलबेली थी।

जो कोयल के स्वर को दबा दे,

वो मीठी उसकी बोली थी।

वो अधरों के कोमल स्वर से,

दीवाना मेरे दिल को कर गई।

वो अधरायनी आकर जीवन में, रंग इश्क़ का घोल गई।

नदिया के तट पर बैठे हम,

समय बिताया करते थे।

कलरव पानी जब करता था,

हम राग प्रेम का गाया करते थे।

वो मेरा माथा सहलाते-सहलाते ,

दिल के तारों को जोड़ गई।

वो अधरायनी आकर जीवन में, रंग इश्क़ का घोल गई ।

10. वचन ताउम्र निभाना

तुम हो मेरे जीवन में आई,
ताउम्र साथ मेरे रहना।
गर बदले रंग जमाना,
तुम साथ खड़े मेरे रहना।

मेरे हमराही मेरे दिलबर,
साथ जीवन की राह पर चलना।
फिर फूलों की सेज मिले या काटों की राह हो,
मेरा हाथ थामे हर कठिनाई से लड़ना।

दिल से दिल का ये पावन बन्धन ,
तुम तोड़ कर फिर न जाना।
जीवन की इन बहारों से,
मुँह मोड़कर फिर न जाना।

इबादत

तू रूठेगी मैं मनाऊँगा,
गर मैं रूठूँ तू मुझे मनाना।
सात फेरों के वचन वो सारे,
वो वचन ताउम्र निभाना।

11. तुमनें प्रेम सिखलाया

जमाने भर ने पीड़ा दी,
सबने खूब सताया था।
बस तुमनें ही आकर मुझको अपनाया था।

प्रेम रस से दूर-दूर तक ना मेरा कोई नाता था,
तुमने जीवन में आकर मुझको प्रेम लिखना सिखलाया था।

तुम आये दिल का अविरल बंधन तुमने जोड़ा था।
मेरे मन से तेरे मन का पावन रिश्ता तुमने जोड़ा था।

मै मावस के अंधियारे में छुपा हुआ सा बैठा था,
तुमने ही आकर मुझको पूनम का चाँद बनाया था।

12. मालूम है मुझे....

तेरे दिल को भी आई होगी वो याद,

ये मालूम है मुझे।

वो भी तड़पा होगा उस रात,

ये मालूम है मुझे।

वो बस दर्द का आलम,

वो तन्हाई काली सी,

मुझे है याद वो हर रात।

क्या मालूम है तुझे?

मेरा दिल दर्द इश्क़ की दवा कर नहीं पाया,

मेरे महबूब अब आलम तेरी यादों का है साया,

सो जाना तेरी जुल्फों की छाँव में अब भी याद है मुझे।

क्या मालूम है तुझे?

तेरा दौड़ कर आना, वो हँसना ,वो खिलखिलाना ।

इन फिजाओं में अब भी याद है मुझे।

याद है मुझे तेरा रूठ जाना,

फिर शर्माकर पास आना भी याद है मुझे।

क्या मालूम है तुझे।

13. फूलों से घाव

काटों को क्या दोष मैं दूँ,

मुझको फूलों से घाव मिले हैं।

सूनेपन ने झकझोरा है,

मुझको अभाव से भाव मिले हैं।

समन्दर को क्या दोष मैं दूँ,

नौका ने मुझको डुबा दिया।

गैरों ने गले लगाया आकर,

अपनों ने ही रुला दिया।

अपने जीवन की राहों में,

धोखे मुझको हजार मिले हैं।

विपदाएँ खुद पथ से दूर हटीं,

अपनेपन के अभाव मिले हैं।

दिल की चोटों को क्या दोष मैं दूँ,

मुझको मरहम से घाव मिले हैं।

इबादत

मरुस्थल को क्या दोष मैं दूँ,
मुझे नदियों ने प्यासा रखा है।
मैं अभागा भाग हूँ वसुधा का,
जिसे सावन ने सूखा रखा है।

14. प्यार क्या, अधिकार क्या

तुम जाती हो प्राणप्रिये,

जाओ अब मैं न रोकूँगा।

बस इतना बतला जाओ प्रिये-

जब तन्हाई में खिड़की से तुम बाहर झांकोगी,

तब कोई झोंका हवा का,

ये तुमसे आकर पूँछेगा,

"जीवन की इस राह में प्यार क्या, अधिकार क्या।"

जब तेरे सर का वो पल्लू,

सरककर नीचे गिर जाएगा।

तब उसे उठाने में,

खनकती चूड़ियों की खनखन ये पूँछेगी,

"तुम्हारे इस हृदय में अब भी उतना है शोर क्या।"

जब कोई बावरा आकर तुम्हें बाहों में भरेगा,

अपने सर को तेरे आँचल में रखकर उसे आनंद मिलेगा।

इबादत

तब मेरी याद आकर तुमसे ये पूँछेगी,
"अब भी है तेरे दिल में किसी का प्यार क्या।"

तुम्हें गरजता बादल,
बरसता सावन पूँछेगा।
बरखा की हर बूँद,
पानी का शोर पूँछेगा,
"तुम्हें यूँ दूर जाने का था अधिकार क्या।"

तब उनसे क्या बोलोगी,
इतना बतला जाओ प्रिये।
फिर मैं न तुमको रोकूँगा।
जहाँ जाना है जाओ प्रिये।

15. ओ मतवाली

ओ मतवाली

मैं सपने में बजती तेरी पायल देखा करता हूँ,

अन्तर्मन मे मुरझाई कलियाँ देखा करता हूँ।

वो दौर था जब तेरी खातिर,

मैं सबसे रुसवा होता था।

तुम दूर गए तो,

मयखाने की महफ़िलें सजाया करता हूँ।

तुम दूर गए ये भूल गए,

कितनी शामें नजरों ही नजरों में बीती थी।

जीवन की कितनी बरसातें,

प्रेम राग में रीती थी।

मैं नयनों के अन्तरपट पर चलचित्र चलाया करता हूँ,

गीतों से अपनी व्यथा हृदय की महफ़िल में गाया करता

हूँ।

इबादत

जब कॉलेज के किसी कोने में,
यारों की महफ़िल जमती है।
जब मेरे टूटे शेरों पर,
महफ़िल में ताली बजती है।
तब तेरे जाने के गम में,
खुशी मनाया करता हूँ।
तुझको मैं अपनी कविता का, आधार बनाया करता हूँ।

तुम दूर गए तुमने छीना
मेरे गीतों मन का भोलापन।
बहारें तेरे साथ गईं,
और मुझको मिला था सूनापन।
मैं इस सूनेपन को शब्दों में उतारा करता हूँ,
ये है वेदना मेरे हृदय की,
जिस पर लोगों से शाबाशी पाया करता हूँ।

16. अधूरा काव्य

वक्त की इस राह पर तुम दो पग चले,
पर मंजिल तक पहुँचते मैं तन्हा ही रहा।
तुम बरखा की बूंद बनकर तो बरसे ,
पर मेरा आँगन सूखा ही रहा।

तुम गीतों की धुन तो बने,
कविता का सार अधूरा ही रहा।
तुम अल्फ़ाज़ बन कविता में ढल गए,
पर मेरा काव्य अधूरा ही रहा।

तुम प्राची की किरण बनकर के तो निकले,
मेरे आँगन में अधियारा ही रहा।
तुम मधुमास की कलियाँ तो बने,
पर उदास मन मेरा रहा।

17. प्यार नहीं कर पाया

मैं प्यार नहीं कर पाया तुमको,

तुम तो अधरों पर हास सजाये,

मेरे द्वारे आई थी।

तुम तो दिल में बात छुपाये,

कुछ मुझसे कहने आई थी।

अपने दिल की बातें मैं ही

नहीं कह पाया तुमको,

मैं प्यार नहीं कर पाया तुमको।

तुम गंगा की निर्मल धारा,

अनसूया, सीता सी पावन हो शुभे।

तुम सुन्दरता में ताजमहल,

परियों सी मनभावन हो शुभे।

तुम इतनी निर्मल पावन थी,

मैं नयनों में नहीं गढ़ पाया तुमको,

इबादत

मैं प्यार नहीं कर पाया तुमको।
मैं पहले भी प्यार तुम्हीं से करता था।
लेकिन तब मजबूरी थी,
आगे बढ़ने से डरता था।
दुनिया के रीति रिवाजों से हट,
दिल में जगह नहीं दे पाया तुमको,
मैं प्यार नहीं कर पाया तुमको।

तुम चंदा की चंचलता हो,
तुम हो ठण्डी पुरवाई शुभे।
मैं चैत्र की तपती दुपहरीया हूँ,
तुम हिम की हो ठण्डाई शुभे।
तुम मन से निर्मल शीतल थी,
मैं आशियाना नहीं दे पाया तुमको,
मैं प्यार नहीं कर पाया तुमको।

तुम परियों की परछाई थी,
तुम गज़लें और रूबाई थी।

इबादत

याद मुझे वो लम्हें हैं जब,
तुम मेरे द्वारे आई थी।
कितनी अनकही बातें थी,s
जो तुम पूरी करने आईं थी।
मैं ही नयनों के अन्तरपट पर,
कैद नहीं कर पाया तुमको,
मैं प्यार नहीं कर पाया तुमको।

सोचा अब मैं करता हूँ,
क्यों पीछे छोड़ा तुमको।
दुनिया के रीति रिवाजों में,
क्यों मैंने झोंका तुमको।
तू तो दिल देने आई थी,
मैं बेकरारी ही दे पाया तुमको,
मैं प्यार नहीं कर पाया तुमको।

अब किन गलियों में होगी तू,
जीवन की रंग रलियों में होगी तू।

इबादत

अब तुमको दुनिया में कहाँ ढूँढने जाऊँगा,
चाहूँ भी तो अब मैं तुमको वो प्यार कहाँ दे पाऊँगा।

राहें मंजिल अलग हो गई,

परछाई वक्त के अंधेरों में खो गई।

अब घर बार सम्भाला करते हैं,

सारी स्मृतियाँ धूमिल सी हो गई।

मैं कभी-कभी तन्हाई में,

बस ये सोचा करता हूँ,

क्यों प्यार नहीं कर पाया तुमको।

मैं अपनों में हूँ लीन शुभे,

तुम्हें शब्दों में ढाला करता हूँ।

तुम ही कविता का सार शुभे,

तुम्हें महफ़िल में गाया करता हूँ।

जब इतना उत्साह है अब,

फिर क्यों प्यार नहीं कर पाया तुमको,

मैं प्यार नहीं कर पाया तुमको।

18. जब तुम गई

तुम गई देखो क्या क्या कर गई,

प्रेम से भरकर जीवन मेरा,

फिर उसको सूना कर गई।

रंगों की बौछारों से तुमने मेरा हृदय रंगा था,

फिर आँसुओं में उसे भिगोकर उसको बेरंग कर गई।

तुम गई देखो क्या क्या कर गई।

आई थी तो तुम ही कहती थी,

ताउम्र साथ चलोगी मेरे।

मैं मंजिल पर तो पहुँच गया,

तुम तन्हाई मुझ पर छोड़ गई,

तुम गई देखो क्या क्या कर गई।

जब मेरे जीवन में तुम थी,

मेरे घर का आँगन,

मधुमास सा महका रहता था।

तुम जो गईं तो उसको भी,

इबादत

अनाथ वीराना छोड़ गई।
तुम गईं देखो क्या क्या कर गई।

अब गुलशन में खिलता हर फूल बेगाना लगता है।
तुमबिन जीवन का भारी हर पल बिताना लगता है।
मैं रोज सितारों में बस तुमको ढूँढा करता हूँ।
तुम गईं तो मेरे नयनों में गंगा की धारा छोड़ गई।
तुम गईं देखो क्या क्या कर गई।

मेरे घर के कोने-कोने में,
अब खालीपन ही फैला रहता है।
मैं सोच रहा इस खालीपन को अपने गीतों से कौन
मिटायेगा।
अम्मा के घुटनों की मालिश,
मुन्ने को कौन सम्भालेगा।
तुमने ये सब कुछ भी न सोचा,
अंगना को सूना छोड़ गई।
तुम गईं देखो क्या क्या कर गई।

इबादत

दफ्तर से आकर कमरे में तेरी तस्वीरों से मन बहलाता हूँ।

भाभी लल्ला कहकर आती तब मैं नीचे जाता हूँ।

फिर बहना की गोदी में खेलता वो बचपन दिखाई देता है।

तुम उससे उसके बचपन की सारी यादें छीन गई।

तुम गई देखो क्या क्या कर गई।

मैने महफ़िल में जाना छोड़ दिया,

हर समाँ जलाना छोड़ दिया।

खुदा जाने क्या जादू तुझमें था,

तुझ बिन हँसना गाना छोड़ दिया।

मैं मुन्ने को गोदी में लेकर जब लोरी सुनाता हूँ।

उसके सो जाते ही तेरी याद सताती है,

सो जाती है दुनिया सारी

नींद मुझे न आती है।

तूम मेरे सारे स्वप्नों को अपने संग लेकर चली गई।

तुम गई देखो क्या क्या कर गई।

51

इबादत

रोज सुबह जब बाबा दफ्तर चलने को कहते है।

तब मुझको पीछे से तेरा दौड़ कर आना याद आता है।

मेरे हाथों में टिफिन थमाना,

फिर मुस्काना याद आता है।

तुम मुझसे वो मेरे हसीन लम्हों को लेकर चली गई।

तुम गई देखो क्या क्या कर गई।

सारी शोहरत एक तरफ,

वक्त की मोहलत एक तरफ।

मैं बात एक सोचता रहता हूँ,

कैसे भरूंगा जीवन की,

जो जगह तुम खाली छोड़ गई।

तुम गई देखो क्या क्या कर गई।

वतन (मेरा पहला प्यार)

54

" तन मन सर्वस्व न्यौछावर है तुझको,
हे माँ ,तेरा मान नहीं मिटने दूँगा।
मरने पर भी खुशबू बस तेरी आएगी,
सौगन्ध मुझे,माँ तेरा भाल नहीं झुकने दूँगा।। "

19. सलाम

वो वीरपुत्र भारत माँ के,
हुकूमत-ए-ब्रिटिश दहलाई थी।
वो कुर्बान हुए जब लहू बहा,
तब आजादी मुल्क ने पाई थी।

वो शूरवीर अलबेले थे,
रग-रग में वतनपरस्ती थी।
इन्कलाब का ख़्वाब दिलों में,
इतनी ही उनकी हस्ती थी।

इन्कलाब के लिए ऊधम ने डायर को,
लन्दन में गोली मारी थी।
जब आजाद, भगत ने भारत में,
सोई सरकार हिला दी थी।
जब इश्क़-ए-वतन की पैमाइश पर,
चूमा वो फन्दा करते थे।

इबादत

तब अपनी मदमस्त जवानी से,
कहानी ए इन्कलाब वो लिखते थे।

तख़्त-ए-लन्दन तक तेग चली,
हुकूमत-ए-ब्रिटिश गरमाई थी।
आजादी यूँ ना हुई हासिल यारों,
इसकी कीमत गई चुकाई थी।

20. अलबेले

थे वो वीर पुत्र अलबेले से,

उठ हूकूमत-ए-ब्रिटिश दहलाई थी।

जिन्होंने रक्त का कतरा-कतरा देशहित दिया बहा,

उनके बलिदानी शोणित के प्रतिफल यह स्वतन्त्रता आई

थी।"

"थे वो वीर पुत्र भारत माँ के,

उनकी आखों में अग्र उजाला था।

इन्कलाब का दे नारा,

जिन्होंने तख्त-ए-लन्दन दहलाया था।"

"ब्रिटिश हुकूमत भी थी दहल गई,

पड़ा इन वीरों से पाला था।

हँस के चूमा फन्दा फाँसी का,

वो दिन भी दिवस-ए-शहीद कहलाया था।।"

थे वो.........।

21. आजाद

उनके मन में भी कभी,

जवानी का जोश रहा होगा।

अपना जीवन उन्होंने भी,

तो कभी चाहा होगा।

पर वो दिल में,

देश प्रेम की आग जलाए निकल पड़े।

हाथों में शोले लेकर,

देश प्रेम की मशाल जलाए निकल पड़े।

लाख यातना सही मगर,

अटल ही उनका प्रेम रहा।

भारत माँ का शूरवीर वो,

आजाद ही था आजाद रहा।

22. बलिदानी

वो बलिदानी शूरवीर,

भारत माता में मग्न हुए।

है वो नहीं हमारे बीच मगर,

स्वर्णिम पृष्ठों में अमर हुए।

ना देखी उन्होंने बहारें तो क्या,

वो हमको बहारें दिखा गए।

वतन से नहीं थी जान प्यारी,

वो माता को भेंट लहू की चढ़ा गए।

नंगी पीठों पर लाखों कोड़े बरसाये जाते थे,

बर्फ पर घण्टों नंगे बदन सुलाए जाते थे।

पर मातृभूमि से प्यार था इतना,

मुख से उफ तक ना निकलती थी।

हिन्दुस्तान सदा आजाद रहे,

वो कुर्बानी की राह बनाये जाते थे।

इबादत

तुम ना भूलो उन वीरों की कुर्बानी को,
जो वतन की खातिर अपनी जवानी लुटा गए।
स्वप्न था उनका भारत आजाद रहे,
वो अपने सरों को कटा गए।

23. करुण पुकार

देखो, सीमा से करुण पुकार आई है,
वार है ये दुश्मन का, घटा भी काली छाई है।
इस घटा से अब बारिश होने न पाए,
भारत माँ का ये दामन छलनी होने न पाए।

आज सिन्धु मे फिर से ज्वार उठा दो,
सरहद से हुँकार लगा दो।
नापाक कोई इस ओर आने न पाए,
गर जो आ जाए तो वापस जाने ना पाए।

हम घाव सीने पर लगाए बैठे हैं,
चोटें धोखे की बहुत हम खाए बैठे हैं।
वो पुरानी आहटें अब आने न पाए,
पूरी कोई चाल दुश्मन की अब होने न पाए।

24. माँ का संदेशा

न रोको अब जाना होगा,

माँ का संदेशा आया है।

देश की मिट्टी बुला रही

सीमाओं ने चिल्लाया है।

दुश्मन ने दाग दिया गहरा है,

सीमा पर कमजोर पड़ा पेहरा है।

कर्ज वतन का चुकाना होगा,

न रोको अब जाना होगा।

अब या तो तिरंगा लहराऊँगा,

या उस में लिपटा आऊँगा,

पर वादा है मैं आऊँगा।

फिर न लौटूँ गर सरहद से मैं,

आँखों से आँसू न बहाना।

अपनी धरती ये अपना वतन,

फक्र है इस पर मर जाना।

इबादत

अरे अहले वतन पर मिट जाना
किस्मत वालों को मिलता है।
कोई क्या इस सुख को जाने,
वो जाने जो सरहद पर मरता है।

तो हृदय की इस अग्नि पर,
प्रिये, काबू तुमको पाना होगा।
सरहद से माँ बुला रही,
न रोको अब जाना होगा।

25. साहस

शत-शत नमन उनके चरणों में,
जिनके अदम्य साहस ने छोटा हिमालय कर दिया।
वो अपना लहू गिरा गए पर,
भारत माँ का मस्तक उठा दिया।

जिनके बलिदानी शोणित से रंगी हुई ये भूमि है।
जिस पर उनका लहू गिरा,
वो कितनी पावन भूमि है।

वो घायल थे लहू बहता था,
हाथों में लिए तिरंगा वो साहस से आगे बढ़ते गये।
दुश्मन की हर गोली का उत्तर,
वो अपने साहस से देते गए।

गोली से छलनी छाती थी,
पर आग अभी उनके रगों में बाकी थी।
दुश्मन भले चोटी पर काबिज था,

पर वीरों के शौर्य से नहीं वो वाकिफ था।

मन में दृढ़ निश्चय करके,

वो बारूदी अंगारों पर दौड़ पड़े।

अंतिम दम तक लड़े अटल,

वो फिर वसुधा पर लोट पड़े।

वो नहीं रहे हमारे बीच तो क्या,

हृदयों पर पहचान वो छोड़ गए।

शत-शत नमन उनके चरणों में,

हाथों मे लिए तिरंगा जो चट्टानों पर अपने निशान छोड़
गए।

26. नादान

ए नादान, तू क्या हमसे टकरायेगा,

हमने बर्बादी का स्वप्न लिए सिकन्दर वापस भेजे हैं।

तेरे जैसे न जाने कितने धुरंधर वापस भेजे हैं।

यहाँ प्रताप ने अकबर को छठी का दूध पिलाया था।

यहाँ लक्ष्मी मर्दानी ने गोरों को काट गिराया था।

ये वही मंगल पाण्डे का गौरवशाली भारत है।

यहीं भगत ने भारत से लन्दन वाला तख़्त हिलाया था।

ये आजाद, सुभाष की धरती है,

इसने शेरों के दाँत गिनाए है।

इसने खुदीराम, सुखदेव, राजगुरू और बिस्मिल से फूल

खिलायें हैं।

इबादत

जिसके खातिर कितने लाल अपने सरों को कटा गए,

फूलों की खुशबू से महके वतन वो भेंट लहू की चढ़ा गए।

इसकी खातिर ही हमीद ने पैंटन का करा सफाया था।

इसकी खातिर कितने तारे आसमान में छा गये।

तेरा मन जिन्दा रहकर भर गया हो,

तो फिर से सीमा लाँघ आ।

जितनी तेरी ताकतें हो,

फिर से सीमा लाँघ ला।

तुझे काल का नया एक रूप दिखायेंगे।

तू आ तुझे तेरे पुरखों से मिलायेंगे।

27. भारत माँ

समन्दर से नदिया तक,

सफर तय कर गए लेकिन,

परदेस देखा तो,

मन हर्षित हो गया लेकिन,

तेरी अमृत भरी धरती का

है उपकार भारत माँ

तेरी जो याद न आये,

वो दिन है नहीं मुमकिन।

नगमें अपनों के लिए

28. गुरू

गुरू महिमा का वर्णन कर दूँ,
इतनी मुझमें शक्ति कहाँ।
मैं तो हूँ छोटा सा मानव,
इतनी मुझमें शक्ति कहाँ।

जब विद्या की देवी सरस्वती भी,
गुरू महिमा का पार नहीं पा सकती हैं।
सात समुद्रों की स्याही से जब,
गुरू महिमा लिखी नहीं जा सकती है।

तो मैं तो छोटा सा मानव,
मुझमें इतनी शक्ति कहाँ।
गुरू महिमा का वर्णन कर दूँ,
इतनी मुझमें शक्ति कहाँ।

जब स्वयं भगवान भी गुरू के बिना अधूरे हैं।
गुरू के बिना, जब दुनिया के काल चक्र ना पूरे हैं।
तो लेखनी से मैं उस गुरू की महिमा लिख दूँ,
इतनी मुझमें शक्ति कहाँ।

मैं तो हूँ छोटा सा मानव,
मुझमें इतनी शक्ति कहाँ।
गुरू महिमा का वर्णन कर दूँ,
इतनी मुझमें शक्ति कहाँ।

29. वक्त के पन्ने

आज वक्त के पन्ने उलटता,
जब मैं पीछे देखता हूँ।
मै देखता हूँ पथ अपना,
सारे सहारे देखता हूँ।

मैं देखता हूँ पिता की मेहनत,
ममता माँ की देखता हूँ।
वो हाथ थाम कर चलता बचपन,
काँधे की सैर देखता हूँ।

जिसने कलम पकड़ना सिखाया,
आज है इतना लायक बनाया।
मैं उनके पसीने की हर बूँद में,
सारा प्यार देखता हूँ।

धूमिल अपनी स्मृतियों में,
उनके सहारे देखता हूँ।

इबादत

जिनका न कर्ज चुका पाऊँगा कभी,
वो एहसान सारे देखता हूँ।

30. कवि

मैं कवि हूँ,

मुझको मर्यादाएँ क्या रोकेंगी।

कुंठित समाज की कटुता,

धर्म बाधाएँ क्या रोकेंगी।

जो बाँध सका अन्नत गगन,

इतिहास को जिसने सँजो दिया।

उस कलम का पहरेदार हूँ मैं,

हथियारों की ज्वालाएँ मुझे क्या रोकेंगी।

स्मृतियों की पीड़ाओं को,

हँसकर कवि जब सहता है।

निखर कहीं वह पाता है,

जब अपमान की अग्नि सहता है।

है अपमानों से परे कलम,

फिर ये विरोधी भाषाएँ मुझे क्या रोकेंगी।

इबादत

वेदना को शब्दों में ढाले,
कागज कलम जिसकी निधि है।

शब्दों से जो चोट करे,
भाषाओं का जो प्रतिनिधि है।
अन्तर्मन का जो हरता,
उसे शा भाषाएँ क्या रोकेंगी।

31. मन से लड़ाई

आज सागर में उथल-पुथल है,

लहरों का घनघोर शोर है।

कृष्ण रंग में रंगा समन्दर,

वेग पवन का बहुत जोर है।

विकराल रूप में तूफान है आया,

लहरों का आक्रोश तेज है।

मन में विस्मय, संशय है छाया,

प्रकृति का प्रकोप तेज है।

एक नाविक जहाज पर सवार,

दृढ़ निश्चय से आगे बढ़ता।

लहरों की छाती भेद-भेद,

साहस का परिचय है देता।

विपत्ति का कब तक दौर चलेगा,

नाविक भी तूफान से निकलेगा।

इबादत

उसकी है अपने मन से लड़ाई,
गर जीता तो आगे निकलेगा।

32. निश्चय

आज कुछ करने की बेला है,
दृढ़ निश्चय कर, उठ जाओ।
दुनिया तो विपदाओं का मेला है।
सफल वही हो पाया जिसने,
असफलता को झेला है।

असफलता में ही निहित सफलता,
असम्भव में ही सम्भव है।
जो तूफानों से लडे निडर,
नाविक ही सिकन्दर है।

डगमग पर्वत भी डोलेगा,
सागर अपने पट खोलेगा।
तू दृढ़ निश्चय कर खड़ा तो हो,
सारा जग तेरे पग चूमेगा।

इबादत

खेल बहुत हैं दुनिया में,
ये हार जीत का मेला है।
आगे वही है बढ़ पाया,
जिसने कष्टों को झेला है।

राहें आगे की कठिन सही,
परिस्थितियों से हटकर पीछे न जाना है।
अपने जीवन की चोटों से,
बस इतना सीखा है मैंने ।
ये दुनिया क्या बोलेगी,
मुझको बस आगे बढ़ते जाना है।

दुनिया में संताप बहुत है,
द्वेष का बढ़ता ताप बहुत है।
हाय-हाय माया सब करते,
पर किसी को मालूम नहीं है।
एक फकीर सा होकर सबको,
एक दिन वापस जाना है।

82

You can contact the Publisher at:

www.fanatixx.in